존재해줘서
고마워

글·그림 임유끼

위즈덤하우스

3장 ··· 사랑이 너무 어려워

4장 … 알 수 없는 인간관계

5장 … 나에게도 좋은 날이 올 거야

1장

너랑 있으면
위로가 돼

우리는 발전 중

여태 난 뭘 했지?
세월만 흐르고 여전히 모자란
내 모습을 보며 한숨을 쉰다.
그러다 과거에 더 모자란
나를 발견하고 깜짝 놀란다.

우리는 예전보다 발전하고 있다.
아주 조금씩, 조금씩.
느리더라도 나아지고 있어!

Keep Going~

서로의 모습을 기억하기

한 사람이라도 나를 기억한다면
그건 헛된 인생이 아니야.
지금의 너를 기억할게.
지금의 나를 기억해줘.

나중에 지금 우리의 모습을
서로 추억하며 끊임없이 이야기하자.

#나름_찬란했던_우리의_모습을!

따뜻한 사람

어쨌든 나는 태어났기에 잘 살고 싶어졌다.
'어떤 인생이 잘 사는 인생일까?'를 생각했다.
그리고 나에게 물었다.
"이 세상에서 어떤 사람이 되고 싶어?
가진 것이 많아 모든 걸 살 수 있는 사람, 모두가 우러러보는 사람,
모두가 배우려고 하는 사람 그리고 아름다운 사람…."

하지만 무엇보다 나를 보며 세상 사람들이
"저 사람에게서 좋은 영향을 받았어"라고 말하면 좋겠다.
크든 작든 아픔을 공감하면서 치유받았다는 느낌을 주는 사람,
따뜻하고 좋은 기운을 주는 사람, 진심 어린 사랑을 주는 사람.

나는 그렇게
잘 살고 싶다.

너 진짜 매력 있어

술에 취하면 우린 서로의 자존감을 챙기느라 정신이 없지.
근데 정말로 내 눈엔 네 매력이 너무 보이는데 어떡해?
그러니까, 어디 가서 기죽고 다니지 마!

누가 뭐라 해도 넌 자랑스러운 내 귀여운 쫄따구니까 말이야.
언제나 내 옆에 붙어 있으렴.
이 언니가 항상 아낄 테니까.

☆

내 친구의 매력은?

～～～～～～～～～～～～～～～～～～～～～～～～～～～～～～～～

～～～～～～～～～～～～～～～～～～～～～～～～～～～～～～～～

～～～～～～～～～～～～～～～～～～～～～～～～～～～～～～～～

지금을 위해

삶은 나를 시험하듯
여러 고난과 역경을 통해
왜 내가 살아야 하는지
왜 내가 견뎌야 하는지를
계속 질문하게 한다.

사막의 단비처럼 가끔 오는
행복한 순간들이
이 대답을 하게 한다.

지금, 이 순간을 위해
우린 여태 버틴 거였어.

우리 여기 또 오자

시간이 지날수록 기억이 바래지기도 하고 더 아름답게 변하기도 해.
안 좋았던 기억도 시간이 지나면 상처가 아물듯
'이것 또한 좋은 경험이었다'라고 받아들이지.
절대 잊을 수 없는 행복한 기억도 너무 자주 꺼내면 식상해서
정말 보고 싶을 때 꺼내.

시간이 지날수록 더욱 소중해지는
그때의 그 추억과 기억을 간직하고 있기에
다시 또 오자는 약속도, 더 좋은 곳에 가자는 약속도
언젠가는 꼭 이룰 날을 꿈꾸고 있기에
지루한 오늘의 일상도 살아갈 수 있어.

☆

다시 또 가고 싶은 곳이 있나요? 함께 가고 싶은 사람도 있나요?

치유받을 수 있는 것

엎친 데 덮친 격으로 모든 일이 너무 안 풀렸다.
인생이 아주 바람 잘 날이 없었다.

폭풍우 같은 시간이 지나고 한숨을 돌리려니
'또 어떤 일이 나에게 닥칠까?'라는 생각에
한곳에 박힌 돌처럼 굳어 아무것도 하지 못했다.

멈춰 있는 동안 위로의 말이 들리지 않았다.
어설픈 위로가 오히려 나에게는 상처였다.

고개를 기울인 채로 눈을 치켜들고 바라보니
모두 다 삐뚤어져 보일 뿐이었다.
내가 시선을 바꿔야 했다.
이 자리에 계속 서 있기 지긋지긋하고 괴로웠기 때문이다.

벗어나기 위해서는 스스로 발버둥을 쳐야 했다.
예전에는 여가 활동을 하는 사람을 보며
'팔자 좋다. 걱정 없이 사네'라고 생각했지만
이제는 삶을 바꾸려고 노력하는 것으로 보인다.
결국 내 행복을 위해서 발악하며 헤쳐 나가야 하니까.

이번 주 어땠어?

딥 토크 파트너

불필요한 말은 할 필요 없지, 입을 닫고.
불필요한 마음은 줄 필요 없지, 마음도 닫고.

오늘을 어제처럼 내일을 오늘처럼
반복하며 살다 너를 만나면 어색함도 잠시.
그동안 나누고 싶었던 말들을
의식의 흐름과 마음이 가는 대로 와르르 쏟게 돼.
꽉 막혔던 구멍이 뻥~ 하고 뚫리는 기분이야.

그제야 알게 돼.
내가 괜찮지 않았다는 걸.
닫혔던 문을 깨부수고
너와 속 시원하게 대화할 시간이 필요했다는 것을.

#나의_소중한_딥_토크_파트너!

당신에게도 딥 토크 파트너가 있나요?

털어놓는 것만으로도

자존심에, 그리고 이제 나이도 있는데 말해 봤자…
어차피 변할 건 없는데 날 무시하면 어쩌지?
상대가 날 동정하는 건 싫으니
점점 힘든 이야기를 털어놓을 수 없다.

결국, 참지 못하고 내 진심을 툭 내뱉는다.
어설픈 조언이나 충고가 아닌 진심으로 공감하며,
오히려 자신에게 털어놓아서 고맙다는 너의 말.
걱정했던 것들은 우리 사이에 필요 없는 장애물이었다.

마음이 훨씬 가벼워졌다.
털어놓는 것만으로도.

위로의 시간

눈에 보이지 않지만 속일 수 없는 것들이 있다.
아무리 사람을 속이려 연기해도
눈빛, 표정, 행동, 기운으로 마음이 전해진다.

위로의 말이 어설퍼도
상대방이 진심으로 내 말에 귀 기울이며
편견 없이 나를 있는 그대로 바라보는 모습에
위로되고 힘이 된다.

그래서
난 널 만나고
싶은 거야.

애쓰지 않아도 돼

다시 일어나

인생은 가까이서 보면 비극,
멀리서 보면 희극.

우리 가끔은 멀리서 보자.
머리 꽁꽁 싸매고 앉아 괴로워만 하면
사실 답이 안 나오잖아.

그냥 한 번 울고
그냥 한 번 웃고 털자.

손 편지가 좋아

완벽하지 않은 형태에 더 눈길이 가는 나는,
완벽할 수 없는 인간의 모자란 점을 편안해하고 사랑하는지 몰라.
멋지고 잘난 사람에게 반했더라도,
그 사람의 어설픈 점이 보이면 더 매력적으로 느껴지는 것처럼.

표면이 너무 완벽하면 미끄러져 버려.
울퉁불퉁한 이 흠을 채우려고 더 노력하게 돼.
더 정성을 담게 돼.

잘 정리한 완벽한 글이 아닌
삐뚤삐뚤한 글씨체로 부끄러워하며
'사랑해'를 적은 것이 좋아.
사실, 마음이 담겨 있어서 더 좋아.

☆

손 편지를 받은 적이 있나요? 내가 먼저 쓰는 건 어떨까요?

우리 우정 뽀래버

"누가 먼저 남자친구가 생길까?"
"네가 먼저 생길 거야, 아냐?"
"결혼은 얘가 먼저 할 듯?"
"남자친구 먼저 생기면 배신이야. 만날 거면 다 같이 만나."
"뭐든 같이 해야 해. 합동결혼식은 어때?"
"아줌마가 되어서도 우리 변하면 안 돼!"
"맞아, 변하면 안 돼!"

미래의 모습을 상상하는 걸 좋아했던 우리.
외로움보다는 호기심이 가득했던 우리.
수만 가지 약속을 하며 꼭 지키자던 우리.
언제나 내 가슴 속엔 이때의 우리야.

#우리_우정_뽀래버!

소중한 솔로 친구

"아, 나 그날은 선약이 있어 어려워. 미안."
"나 일단 물어볼게. 안 될지도 몰라."
"이번엔 어렵겠다. 다음에 보자."

뚜루루루…
(데이트 중엔 감감무소식)

중요한 날 항상 뭉쳤던 우리지만
이제 하나둘 더 중요한 사람이 생기면서
자주 모이기도 어려워져.
그래, 뭐 다 그런 거지.
괜찮아, 난.
내 옆엔 네가 있으니까.

그럼 놀아볼까?

가다 보면 뭐 있겠지

때론 도착지보다 일단 가는 것에 의미를 둘 때가 있어.
정말 가고 싶은 곳도
막상 가보면 원래 기대했던 모습이 아닐 때도 있었지.
그럼 그곳에 가기 위한 수고로운 과정들이
다 쓸모없어지고
허무함과 후회만 남을 수도 있어.
하지만 가지 않으면 알 수 없잖아.

그곳이 어디든, 내가 만족하든 하지 않든
나는 가는 동안 많은 것을 보고 느낄 거야.
다리도 아프고 힘들겠지만 그만큼 단련되겠지.

가고 있는 내가 중요한 거야.

#너와_함께라면_더할_나위_없이_좋아

우리만의 스타일로

남을 의식하며 소심해질 때마다
'한 번 사는 인생'이라는 말을 떠올린다.
겁이 많은 내가 용기를 북돋을 때 하는 주문이기도 하다.

'한 번 사는 인생'인데 남의 눈치를 보는 삶은 너무 아깝잖아.
각자 인생을 사느라 나 같은 건 금방 잊을 텐데.
잊지 않고 계속 기억한다 해도 뭐 어때.
무슨 상관이야.
피해만 안 주면 돼.

내가 좋으면 됐지.
우리가 좋으면 됐지.

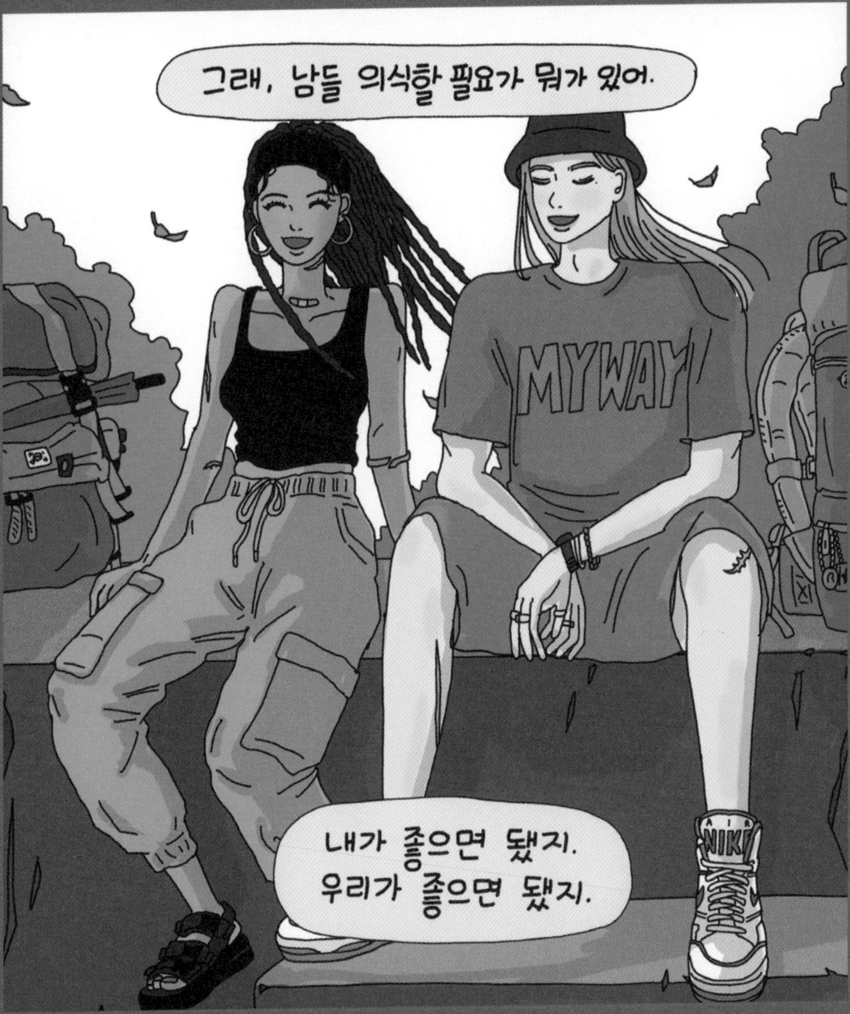
그래, 남들 의식할 필요가 뭐가 있어.
MYWAY
내가 좋으면 됐지.
우리가 좋으면 됐지.

그 방

처음 독립해서 얻은 옥탑방.
보증금도 모자라서 매달 채우기로 하며 겨우 들어간 세 평 남짓한 방.
방문을 열고 나가면 홍대 전체 거리가 훤히 보였던 이 방은
여름엔 덥고 겨울엔 추웠지만 달이 가까이 보여서 좋았어.

일하던 곳에서 빌린 미니 빔 프로젝터를 벽에다 비추고
우린 미국, 우주도 가며 사랑도 하고 이별도 했어.
투잡을 뛰어 잠도 많이 못 잤지만 서로의 집을 오가며
우리 셋은 동고동락하며 지냈지.
남자는 필요 없다면서도 외로움에 굶주려서
무한 상상을 펼치기도 했어.
좋아하는 음악 취향은 어찌나 비슷한지 셋 다 한 노래에 꽂혀서
온종일 반복해서 듣기도 했잖아.
어느 날은 한껏 꾸미고 나가서는 별 소득 없이 들어와
방에서 한참을 깔깔거리며 웃다 잠들었지.
돈도 없고 엉망진창이었지만 내일의 걱정은 없었어.
두려운 것도 없었지.
같이 있는 이유 하나만으로.

We could go anywhere

집이 최고야

집구석에만 있으면 뭐 해? 사람이 경험이라는 걸 해야지.
온갖 경험을 하며, 보고 느끼고
사람들을 만나면서 나를 더 풍부한 사람으로 만들어야지.
하지만 밖을 볼 시간만큼 안을 볼 시간이 필요한 것 같아.
사람들을 만나는 만큼 나를 만나고 싶어.

제일 좋아하는 것들로 채운 소중한 공간에서 나를 채우는 시간.
나만을 위한 나에게만 집중하는 시간.

난 그런 시간도 너무 소중해.
그런 시간이야말로
진짜 나를 만드는 것 같아.

#역시_집이_최고!

밥 먹고 힘내자

그런 날 있잖아.

너무 힘들어서 누구에게 털어놓지 않고는
못 견딜 만큼 지치고 외로운 날,
상대방도 피곤할 텐데 괜히 보자고 하기에
부담되는 건 아닐까 말 꺼내기 힘든 날.
그런 날은 걱정하지 말고 언제든 연락해.
위로가 서툴러도,
뭐 특별한 건 못 해주더라도
맛있는 밥 한 끼는 먹을 수 있으니까.

그냥 맛있게 먹고 술 마시며 웃자.
눈물이 나는 하루가
웃음이 나는 추억으로 바뀔 수 있게.

시작은 미약하나 끝은 창대하리

청개구리 심보인지 작정하고 술을 향해 달려드는 날보다
'오늘은 적당히 달리자'고 하는 날에 더 마시는 이유는?
이상하게 계획에서 어긋날 때 더 신나.
해야 하는 일들로 어깨에 쌓인 의무감과 책임감은 다 버리자.

그냥 마음이 흘러가는 대로 마음이 닿는 대로 내버려 두자.
웃음이 나오면 나오는 대로,
노래가 나오면 나오는 대로,
몸을 흔들고 싶으면 흔들고 싶은 대로.

술에 취해 가끔은 엉뚱한 내가,
의외의 네가,
여태 몰랐던 우리가
서로를 그렇게 또 알아가고
또 그렇게 깊어지고….

취했어

마냥 한심해 보이는 술자리에도 삶의 애환이 있다.
각자 인생을 탓하면서도 웃을 수밖에 없는.

친구가 술에 취해 울 때
상처가 얼마나 깊은지 우리는 알고 있으니까.
평소에 아무렇지 않은 척 참고 사는 걸
우리는 알고 있으니까.
술에 기대어 감정을 드러내는 친구를 취했다고 놀리지만
그래도 위로할게.
계속 네 곁에 있을게.

마음은 스무 살

우린 운동을 해야 한다.
건강을 지켜야 한다.
이유는 하나,
놀아야 하니까!
어쨌든 노는 게 제일 좋으니까!

이보다 더 큰
이유 있을까요?

2장

나도 잘 살고 싶은데
그게 잘 안 돼

SOS

오염된 세상에서 도망쳐야 해.
밖은 폭력적이고 혐오로 가득해.

조심해, 나도 같이 물들거나 잡아먹힐지도 몰라.
아무도 침범하지 못할 나만의
고결한 섬을 만들어 숨어야 해.

그리고 구조 신호를 보내.
누군가가 나를 유토피아로 데려가기를 기다려.

스스로 만든 감옥 안에서.

행복과 불행

나는 어떻게 하면 행복해질까?
'행복'이란 것이 너무 막연해서…
그리고 난 욕심도 많고, 갖고 싶은 것도 너무 많고
되고 싶은 내 모습의 이상도 너무 높아서
'행복'은 멀리 있는 것 같아….

사실 모든 걸 다 가지고 이룬다 해도
행복의 감정은 그리 오래가지 않겠지.
사람은 익숙해지는 동물이니까.
그럼 차라리 불행해지지 않기 위해 노력하자.
나는 언제 불행해질까? 언제 우울해질까?

남들과 비교할 때 한없이 나락으로 떨어진다.
못난 모습을 들춰 볼 때 자학한다.
감사함을 잊을 때 원망과 시기에 빠진다.
그리고 희망을 버릴 때 한없이 게을러진다.

각자 불행한 이유는 다르겠지만 우린 알아야 한다.
내가 어떤 때 불행한지를.
그게 행복해지기 위한 첫 발걸음이니까.

창작만큼 즐거운 건 없어

새하얀 도화지 앞에서
나는 알 수 없는 설렘 그리고 괴로움과 마주한다.

결과물이 조금 마음에 든다 싶으면
세상을 다 가진 듯 기분이 좋다가도,
시간이 지나 다시 보거나 사람들에게 반응이 없으면
자신의 부족함에 견딜 수 없게 괴로워진다.

그런데도 그 만족할 때의 즐거움이
다른 어느 것보다 비교할 수 없이 좋아서
멈출 수가 없다.
계속할 수밖에!

엄마, 미안해

"공부 못하는 애들이 하는 거 아냐?"
"예술? 그런 건 특별한 사람만 하는 거야."
"너 재능 없잖아."
"먹고사는데 쓸데없는 짓."
"예쁜 쓰레기."

사실 이런 말들을 반박하기 위해서
내가 잘되는 것밖에는 답이 없었다.
그러다 보니 즐거움은 사라지고 치열함만 남았으며
그렇게 그린 그림은 너무 재미가 없어져 버렸다.

울면 안 돼, 즐거워해야 해.
즐기는 자가 진짜래.
슬퍼하는 건 내겐 사치야.
갚아줘야 해.
나를 비난했던 모두에게.

#그러니까_어서_일어나!

찾고 있다

항상 목마르다.
눈앞의 사탕보다 더 큰 달콤함이
어딘가 있을 것 같아 주위를 두리번거린다.
한곳에 정착하지 못한 마음이
더 나은 곳을 향해 계속 움직이고 싶다.

이게 다일 리 없어.
이게 끝일 리 없어.
분명 뭔가 더 있을 거야.
내 인생에.

놓을 수 없어

이까짓 것 놓으면 더 편해질 텐데
더 자유로워질 텐데
왜 나는 놓지 못하는 걸까.
놓고도 미련을 버리지 못하고
계속 멀어져만 가는 걸
바라만 볼 자신이 없어서일까.
끝까지 부여잡고 있으면 어떻게든 될 것 같아서일까.
아니면 그게 어떤 모습이 될지도 모른 채,
그저 후회하고 싶지 않아서
나는 놓지 못하고 있는 걸까.

☆

지금 당신도 놓지 못하고 있는 것이 있나요?

~~~~~~

~~~~~~

~~~~~~

머무르다 보니

너무 빠르게 지나가는 세상에 살고 있다.
빠르게 생겼다가 빠르게 잊힌다.
다들 익숙하게 하나의 과정처럼 빠르게 지나간다.

다들 그냥 잘 지나가는데...

왜 나만 아직도
여기에 머물러 있는 거지……

나는 이런 세상 속에서 무엇을 더 느끼겠다고
계속 곱씹고 또 되돌아본다.
내가 느린 건지, 사람들이 빠른 건지.
나만 또 진심이지….

과소평가

작은 나라에서 태어난 동양 여자, 또 작은 도시의 평범한 집안,
특별할 것 없는 신체와 지능. 내 주제는 그 정도다.
넓은 세상에서 내가 서 있는 위치는 내 발자국만큼이나 작다.
그런데 멋진 사람들이 만든 것들이 보인다.
멋있는 사람들의 이야기가 들린다.
나도 저렇게 멋지고 싶다.
누군가에게 멋있는 꿈을 주는 사람이 되고 싶다.
나는 그럴 주제가 못 되는데도,
자기의 주제를 알고 그것에 맞게 사는 게 행복이라던데
내가 괴로운 건 너무 큰 꿈을 꿔서일까?
또 자신을 되돌아보고 질책하고 자책한다.
사실 내가 꾼 꿈은 죄가 없는데, 꿈은 그대로 꿈일 뿐.
꿈이 내게 준 벅참이 있었는데 말이다.
마치 그 꿈이 나인 양 우쭐하고 싶을 때도 있었고
꿈을 이룬 내 모습을 상상하며 미소 짓기도 했다.

전부 다 이루지 못했다고 괴로워하지 말자.
꿈을 꿀 수 있는 나를 그대로 사랑하자.

높은 목표

난 괜찮던데

어릴 때 근거 없는 자신감으로 가득 차 있었을 때는
다른 사람의 결과물을 보며 '왜 이렇게밖에 못했지?'라는 생각을 했다.
하지만 내가 막상 해보니 머릿속에 그렸던 완벽한 청사진이
직접 내 손을 거쳤을 때 그의 반도 안 되는 결과물로 나왔다.
아주 작은 결과물이라도 쉽게 나오는 것이 없음을 알았다.

넘쳐나는 미디어의 홍수 속에서 사람들의 안목은 점점 높아진다.
사람들은 각자의 잣대를 들어 평가하고 재단한다.
표현의 자유가 있으니 그들에게 그릴 자격이 없다고 말할 수는 없다.
하지만 적어도 나는 아직 누구를 평가할 자격이 없다고 생각한다.
나를 만족시키기 전까지는.

그저 묵묵하게 내 자리에서 내 것을 일궈 나가는 수밖에.

자기 학대

난 왜 이리 못할까?
잠을 줄이며 몸이 부서지라 노력하지 못했기 때문이다.
그래서 이것밖에 안 되는 거다.

나는 이유를 노력에서밖에 찾을 수 없다.
내 재능을 탓하기엔
내 운을 탓하기엔
내가 할 수 있는 건 아무것도 없어서.

포기할 수는 없다.
이렇게 나는 나를 배려하며 학대하고 있다.

불행 배틀

예전에는 삼삼오오 모이면
서로 자신이 얼마나 억울하고 힘든 일을 겪었는지
자랑처럼 늘어놓으며 경쟁을 했다.

공부를 얼마나 안 했느냐, 시험을 얼마나 망쳤냐.
고백했다 차인 이야기, 빡치는 사장 알바 썰 등등.

웃프지만 그래도 진심으로 불행하지는 않았다.
앞으로 살아갈 날이 더 많았기 때문이다.
그게 우리 인생의 전부가 아니며
충분히 역전할 수 있다고 생각했다.

이젠 이런 배틀은 없다.
이런 배틀이 있다면 그것은 정말 찐 배틀이다.
눈물 없이는 이 배틀의 끝을 보지 못할 것이다.

집에서 숨만 쉬어도

밖에 나가면 다 돈이다.
밖은 위험하니까 집에만 있자.
자가 격리를 했는데 왜 통장의 돈은
계속 나가는지, 애초부터 내가 주인이 아니었나?

당장 즐거움을 버리고 미래를 위해 해야 하는 저축은
어디서부터 어디까지 준비하고 모아야 하는지
내 벌이로는 감도 안 잡힌다.

그저 생존을 위한 소비와 소비에 맞춘 내 삶의 수준.
아무 경험치 없이 집에서 영수증만 쌓인 인생.
나는 무엇을 위해 살고 있는가?
나는 무엇을 위해 살아야 할까?

당신은
무엇을 위해
살고 있나요?

어디서 살아야 해?

고시원에서 버티다가 세 평의 작은 옥탑방을 가졌을 때
느낀 감정은 이제 가지기 힘들게 되었다.

나는 어릴 때 꿈꾸던 '작가'라고 불리기도 한다.
사람들이 내가 그린 그림을 좋아하기도 하고
내 책도 쓰고 있다.
그런데 왜 남들처럼 평범한 집에서 평범한 생활을 하기 힘든 걸까?

천정부지로 높아진 미친 집값은 왜 내려올 생각이 없는 걸까?
"꿈이 밥 먹여주냐며 그저 평범하고 안정적으로 사는 게 최고다"라고 말하던
꽉 막힌 어른들의 말들은
어쩌면 이 꽉 막힌 세상을 살아본 경험담일지 모른다.

···앞으로
어디서 어떻게 살아야 할까?

돈돈돈

돈으로 뭐든 살 수 있는 자본주의 사회에서 성공하려면
내가 꾸는 꿈이 얼마나 돈을 벌 수 있는지 따져야 한다.

항상 돈을 잘 벌 수 있는 생각에 초점이 맞춰져야 하며
돈의 흐름을 잘 읽고 그 방향을 따라가야 한다.
그게 어떤 분야이든 살아남기 위해서는 그래야만 한다.

누군가를 사랑하는 마음만으로는 부족하다.
그 사랑을 지키기 위해선 돈이 필요하다.
돈이 없으면 함부로 사랑할 수도 없다.
그러니 돈을 미워하면 안 된다.
맘껏 사랑할 테니 나에게 오렴.
돈아~~~

가난은 잘못이 아니야

가난의 기준이 점점 높아지고 있다.
동네에서부터 아파트 브랜드, 명품 옷, 외제차…
친구를 사귈 때도 자신의 수준과 맞을지 판단한다.

부자들은 잘 배워서 여유가 있다며 찬양하고
가난하면 여유가 없고 못 배운 티가 난다고 비난한다.
이 말이 틀린 말은 아닐지도 모른다.
하지만 아이들에게까지 편견을 줄 필요가 있을까?
그렇게 태어나고 싶어서 태어난 것도 아닐 텐데 말이다.

가난하면 돈이 없어서 불편한 것뿐 아니라
그런 사회의 편견에도 맞서 싸워야 한다.

여유를 가져라

부자들의 여유 있는 마인드와 라이프 스타일을
배워야 한다고 이야기한다.

돈이 없더라도 전전긍긍하며 불안해하기보다는
좀 더 긍정적으로 생각해야 사람이 여유로워 보이고
기운이 들어와 일이 술술 풀린다고.

그래서 우리는 일도 열심히 해서
적은 돈을 차곡차곡 모으되
부자처럼 여유가 있는 척도 하며
다가올 좋은 기회를 노려야 한다.
물론 불평불만으로 죽는 소리는 절대하면 안 된다.
복을 달아나게 하니까.
그게 바로 우리가 살아남기 위해 해야 할 일이다.

환자

몸이 아프면 나 자신이 사라지는 느낌이 든다.
내 취향이나 생각, 꿈, 미래.
내 안에 있는 모든 것이 중요하지 않다.
그저 살아남기 위한,
아프지 않은 몸뚱이로 만들기 위한
환자 그 이상도 그 이하도 아닌 존재가 되는 느낌.
뼈를 자르고 살을 떼어내며 숨도 못 쉬는,
진통제만 의지해야 하는 고통보다 나를 더 괴롭게 하는 것은
평생 환자로 살아갈지도 모른다는 두려움이었다.
내 정체성이 통째로 흔들리는 이 기분이
어떤 고통보다 나를 가장 괴롭게 했다.

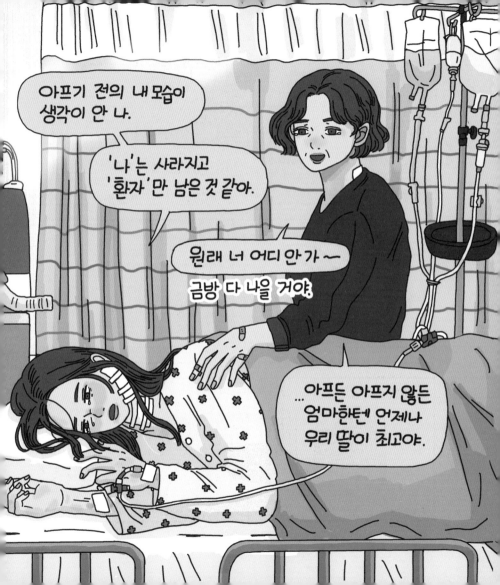

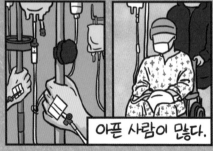

몇해 전 나는 운이 나빴습니다.

급작스럽게 암 선고를 받고

수술로 나쁜 부분을

싹 뚝

다 잘라내어

새 생명을 얻어

태어났다.

요 이야기는 제 첫번째 책 <나 하고 싶은 거 다 해>에서 보실 수 있어요

그게 끝이면 좋았겠지만

드디어 퇴원이다~

OOO님~ 들어오세요~

그건 또 다른 시작이었다.

건강을 안심받기 위해

계속 노력해 나가야 한다

뼈를 자르는 고통도 겪었지만

꾸-욱

아직도 작은 주사 바늘이

무섭고 아프다.

병원에는 어르신들이 많다.

가끔은 아직 젊은 나를
궁금한 듯 쳐다보신다.

요즘 젊은 사람들~
그렇게 병이 생긴다네
내 친구 OO이 손주도~
쯧쯧 우짤꼬
어쩌다 그랬대~

...그래요.

난 어쩌다 이 나이에

여기서 이러고

있어야 할까?

또래들이
여행 차
집
명품에
돈을 쓸 때

나는 내 몸...

제 몸 하나를
지키기 위해서...

 아픈 게

 미안하고

 아픈 게 내 탓인 것 같아

...미안하고

병원에는... 그런 마음들이 모여 있다.

내 안에 요동치던 원망과 억울함이

작은 생명의 의연하려는 노력에

한없이 부끄러워진다.

다 이루어질 수 없는 기도라는 걸 알지만
그래도 마음 깊이 강하게 바라고, 바란다.
우리 아프지 말자.
우리 건강하자.

무너지지 않기 위해서 강한 척

인생을 살다 보면 아무런 이유 없이 운이 안 좋다는 이유로
상상도 못 한 나쁜 일들이 갑작스럽게 일어난다.
아무런 준비 없이 온갖 일들을 겪으면서도
이런 일들이 자신 때문에 일어났다고 생각한다.

주위에 피해를 주지 않을까?
애써 겉으로 밝은 척을 한다.
내가 운이 안 좋아서 생긴 일이니까
그런 소용돌이에 휩쓸리게 할 수 없다는 생각으로
나한테 이런 일이 생긴 거 나만 힘들면 돼.
나 하나만…

주위에서는 나에게 말한다.
"넌 참 강하다."
그래, 어쩌면 그렇게 강해지는 것일지도 모른다.
안간힘을 다해 부여잡고 서 있는 동안 강해지고 있는지도 모른다.

안 괜찮아도 괜찮아

사람이 큰일을 겪으면 오히려 침착해진다.
일을 겪은 당사자가 주변 눈치를 본다.
아파도 웃고 힘들어도 씩씩하게 괜찮은 척을 한다.
내가 곪아 가는 것도 모른 채.

마치 아무 일도 없었던 척
그렇게 바쁘게 지내다 보면
아무것도 아닌 작은 일에도
꾹꾹 참아낸 감정들이 물밀듯이 쏟아 내린다.

사실은 안 괜찮았어.
나 자신을 속이면서까지 괜찮을 필요는 없다.
약해도 괜찮아, 울어도 괜찮아.
안 괜찮아도 그런 나도 나니까.

#안_괜찮아도_괜찮아

나는 다 알고 있어.
네가 밤마다 얼마나 괴로워하고
또 애썼는지를……
어떤 결과가 있든
어떻게든 잘하려고 힘쓰고 있는 너는
응원받아 마땅하니까.

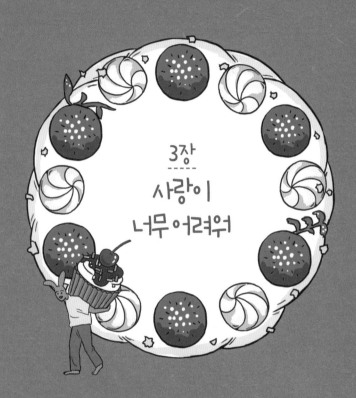

3장
—————
사랑이
너무어려워

견우와 직녀

사랑에 일이 게을러지자 각자의 일에 집중하라며
7월 7일, 일 년에 딱 한 번 볼 수밖에 없었던
견우와 직녀.

가진 게 아무것도 없던 우리는,
주머니가 가벼워지자 사랑도 할 수 없던 우리는
사랑 따위가 밥 먹여 주는 것이 아니라는 것을
이미 전래 동화에서부터 배웠는지도 모른다.

매년 7월 7일엔 하늘에서 눈물이 흘러내린다.

걔만 손해

너무 웃겨서 눈물이 다 나네. 참….
울고 있어야 하는 건 걔인데 말이야.
나 같은 여자를 놓쳤으니.

내 미래가 얼마나 창창한데
진짜 능력 있고 멋있는 여자가 될 거라고.

다 나랑 친해지고 싶게 만들 거야.
다 나를 소개해주고 싶게 만들 거야.

나를 알고 있는 걸 자랑스럽게,
나와 사귀는 걸 남들에게 얘기하고 싶게.
이런 나를 놓치다니….

누구보다 행복하게 해줄 수 있을 텐데.
어이가 없어서 웃기네.
너무너무 웃겨서 눈물이 나.

감정 소모

사귀었다가 헤어지고,
좋아했던 마음도 식어 간다.

장점만 보였던 사람에게서 단점만 보이며
설렘과 행복만 줬던 관계가
실망과 상처를 주는 관계로 변한다.
이 과정을 반복하면서
내 마음에도 생채기가 하나씩 하나씩 생긴다.

마음의 장벽도 조금씩 높아지며,
오르락내리락하는 감정에 취했던
과거의 나에게도 점점 지친다.

이제 마음 편한 지금 이대로가 좋을지도…?
이런 나를 감싸 안아줄 사람을 기다리는지도…?

날 안 좋아하는 사람

예전엔 그랬다.
안 될 사랑이라는 걸 알면서도,
안 될 사람이라는 걸 알면서도
무작정 향하는 마음을 조절하지 못했다.

이제 내 몸과 마음이 너무 잘 알게 된 걸까?
나를 진심으로 좋아하지 않아도
혼자 좋아하는 건 힘든 일인걸….

짝사랑 후유증인가?
나를 보호하기 위한 하나의 방어 기제가 생겼다.
"흥! 나 싫은 사람, 나도 싫어!"가 되었다.
이제 난 나를 깎아버리면서까지 누군가를 좋아하는 건 힘들어.
날 좋아하는 사람을 원해.
날 좋아하는 사람이 다 좋은 건 아니겠지만.

내 첫사랑은 짝사랑

네가 다른 사람과 다정히 걸어가는 뒷모습을
그저 바라만 보는 게
내가 할 수 있는 행동이다.
지금 내가 서 있는 여기가 내 위치겠지.
잘 알면서도 받아들이기가 너무 힘들어.

너와 나눴던 대화와
너의 말투와 눈빛, 스킨십으로
우리가 특별한 사이였다고 생각하고 싶어져.

우리는 정말 아무것도 아니었을까?
너에게 나는 어떤 존재였을까?
화가 나는 건 다른 사람과 걷는 네 뒷모습조차도
멀어지는 게 아쉬울 만큼 보고 싶어.
이런 마음은 처음이라서….

#짝사랑_이번이_처음이라서

프로 짝사랑러

친구: 너 걔 좋아하지?

나: 헉, 어떻게 알았어?

친구: 좋아하는 건 숨길 수 없다잖아. 언제부터 좋아한 거야?

나: 모르겠어. 사실 아직 정말 좋아하는지 아닌지도 잘 모르겠어.
　　걔를 계속 찾고, 쳐다보고 신경 쓰는 거. 이거 좋아하는 거야?

친구: 좋아하는 거 아닐까? 고백해!

나: 말도 안 돼! 한 번도 고백한 적 없어.
　　난 좋아하면 걔 앞에서 얼어서 말도 잘 못 하거든. 아니면 괜히 차가운 척,
　　도도한 척, 혼자 온갖 신경은 다 쓰고 친해지지 못해.
　　뜬금없이 고백하면 분명 거절당할 거야. 그래서 고백도 못 해.
　　항상 혼자 좋아하고 혼자 애달파하다가 혼자 끝내고 말아.
　　이렇게 혼자 좋아하는 것도 벌써 세 번째야. 짝사랑만 하다가 죽을 거 같아.
　　프로 짝사랑러가 됐어. 어떡하지?

친구: 용기를 내는 게 좋을 거 같은데?

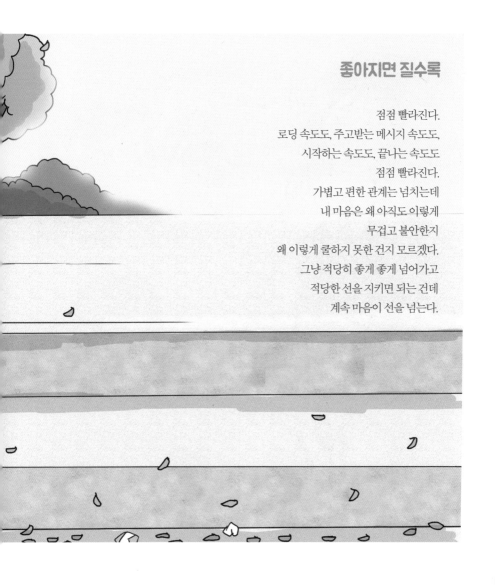

좋아지면 질수록

점점 빨라진다.
로딩 속도도, 주고받는 메시지 속도도,
시작하는 속도도, 끝나는 속도도
점점 빨라진다.
가볍고 편한 관계는 넘치는데
내 마음은 왜 아직도 이렇게
무겁고 불안한지
왜 이렇게 쿨하지 못한 건지 모르겠다.
그냥 적당히 좋게 좋게 넘어가고
적당한 선을 지키면 되는 건데
계속 마음이 선을 넘는다.

좋아하는 마음 알아차리는 단계

1. 같은 공간에 있으면 계속 시선이 간다.
2. 너무 가까이에 있으면 왠지 살짝 긴장된다.
3. 몇 마디 대화하고 괜히 그 대화를 곱씹는다.
4. 계속 생각이 난다.
5. 내 생각을 누구한테 털어놓고 싶다.
6. 말하는 순간 아차 하고는 부인하고 싶다.
7. 친구 놈은 귀신같이 알아채고 내 마음을 추궁한다.
8. 나는 부인하지만 그래도 이런 감정을 계속 얘기하고 싶다.
9. 어느 순간 '걔' 얘기를 계속하고 있다.
10. 좋아하는 것이 공식화된다.

계속 말하고 싶은 사람이 있나요?

눈치 싸움

대학교 1학년 때 신촌에서 첫 미팅을 했다.
한창 재밌게 놀고 있는데 우리 쪽 주선자인 여자 선배가 와서
쿨하게 중간 계산을 해줬다.
이 선배가 남자 쪽 주선자와 웃으며 이야기를 나눴는데
몇 분 안 되서 모두가 눈치채버렸다.
'…저 남자애가 선배 좋아하네.'

남자애가 선배를 바라보는 눈빛이 너무 초롱초롱해서
취했던 술이 깰 만큼, 또렷한 감정을 목격했다.
왜 다른 사람이 누구를 좋아하는 건 잘 보이는 걸까?
그 남자애와 친해진 뒤 물어봤더니 자신은 감정을 완벽히 숨겼다고 했다.

남자애가 좋아하는 것을 그 선배도 전혀 눈치채지 못하고 있었다.
그래서 어렵나 보다.
막상 본인들이 주인공이 되면 확신이 생기지 않아
서로를 떠보기만 한다.
서로 덜 좋아하는 척, 관심 없는 척,
들키지 않으려 버둥버둥 눈치 싸움을 한다.

친구 그 이상

괜히 고백했다가 우리 관계마저 모두 망치면 어떡해.
그냥 이렇게 옆에서 오래 친구로 남는 편이 나을지도 몰라.
그런데 순간순간 너를 바라보는 심장이 너무 콩닥콩닥 뛰어서
나도 모르게 본심이 입으로 툭 나오려는 걸 계속 꾹꾹 눌러 삼켜.

나는 정말 너에게 아무 가망도 없는 걸까.
친구 그 이상으로는 안 보이는 걸까.
이러다 네가 다른 사람을 좋아하면
나는 어떻게 해야 하지?
어떻게 해야 할지 도무지 모르겠어.

너랑 있으면

사랑이라는 마법을 부린 너와 같이 있을 땐
불편하던 것도 그저 좋기만 해.
궂은 날씨가 갑자기 운치 있어 보이고 말이야.
이런 건 호르몬 때문일까? 엔돌핀이 돌아서일까?
추운 날씨도 너로 인해 따뜻해져.

귀찮고 성가신 일들도 너랑 같이 있다면
별로 힘들지 않아.
힘든 일도 다 추억이 될 것 같아.
시간은 눈 깜박할 사이에 지나가.
너랑 있으면.

이상하지? 너랑 있으면 이상한 일 투성이야.
나답지 않은 행동을 하게 돼.
내가 할 수 없는 것까지 다 잘하고 싶어.

너에게 잘 보이고 싶어서
더 나은 사람이 되고 싶어져.

너무 잘 통하잖아

같이 나누면 좋을 이야기

		이유
인생 영화		이유
인생 책		이유
인생관		이유
이상형		이유

		이유
좋아하는 장소		이유
좋아하는 음악		이유
좋아하는 음식		이유
좋아하는 운동		이유
좋아하는 브랜드		이유

나의 성격에 대하여

나의 매력에 대하여

나의 규칙에 대하여

나의 슬픔에 대하여

나의 미래에 대하여

첫 바다

가본 곳도
해본 것도
너와 함께하면 달라져.
의미가 생기고 새롭게 태어나.
우리가 앞으로 함께할 새로운 것들.
내게 모두 소중한 우리의 첫 경험이야.

닮아가는 우리

네가 좋아.
너를 이루고 있는 것이 좋아.
네가 좋아하는 것이 좋아.
네가 하는 것들이 좋아 보여.
널 따라 하고 싶어져.
날 따라 하는 너.
널 따라 하는 나.
닮아가는 우리.

특별한 순간

특별할 것 없는 일상이 지루했던 나는
영화 속 주인공처럼 살기를 꿈꿨어.
어른이 되면, 나중에 돈을 많이 벌면, 성공하면…
멋지고 특별하게 살아야지.
하지만 꿈꾸는 게 다 이루어지지 않듯
내 인생도 크게 달라질 게 없었고,
그저 상상으로 그칠 수밖에 없었지.
허무함을 느끼던 나에게 네가 찾아왔어.
내가 자책을 하고 괴로워하면
넌 있는 그대로의 내가 멋있다고 말했지.
너의 미소와 날 사랑스럽게 바라보는 눈빛을 보면
내가 특별한 사람이 된 것 같아.

어떤 곳을 가든 영화의 한 장면처럼 특별한 장소가 돼.
거리의 음악은 마치 우리의 배경 음악 같아.

너는 나를 주인공으로 만들고,
나는 너를 주인공으로 만들어.

오늘은 어땠어?

멀리 떨어져 있어 자주 보지는 못해도
매일 묻는 너의 성실한 안부와 내 기분을 살피는 다정함.
내가 우울한 내색을 보이면
눈치보며 애교를 곁들여 고민을 털어놓게 해.
진지하게 공감해주는 잔잔한 목소리,
속이 시원하냐며 해맑게 웃는 웃음소리,
오늘 수고했다고 토닥토닥 마무리와 함께.
자기 전 사랑한다는 속삭임까지.

멀리서도 내 마음을 보살피는 사람,
변치 않는 안정감을 주는 사람,
넌 그래서 사랑할 수밖에 없는 사람.

또 미친 듯이 싸우고 사랑하고의 반복

Q. 왜 그렇게 싸워?
남: 모르겠어. 하⋯ 원래 우리는 진짜 잘 맞는다고 생각했어.
여: 뭐야, 이제는 안 맞는다는 말이야?
남: 아니, 사람 말을 좀 끝까지 들어.
여: 지금 네 말이 그렇잖아. 끝까지 들어볼 필요가 뭐가 있어.
남: 이렇다니까? 안 싸울 수가 없게 만들어.

Q. ^^;; 그럼 이렇게 싸우는데도 계속 만나는 이유가 뭐야?
여: 모르겠어. 싸우면 열 받는데 또 떨어져 있으면 보고 싶어서?
남: 뭐야, 어떻게 내 마음이랑 그렇게 똑같아?
여: 몰라.
남: 내가 미안해. 이제 진짜 내가 잘할게. 우리 싸우지 말자.
여: 아니야, 내가 더 미안해. 나도 잘할게.
남: 사랑해 ♥
여: 나도 사랑해 ♥

Q. ^^;;;;;;;

헤어진다면

이별엔 주접 위로가 필요해

우리 다시 사랑

친구에게 온 SOS 전화!
떨리는 목소리로 이별의 기운을 감지한 친구는
'오늘도 긴 밤이 되겠구나'를 예상하며
그녀를 촉촉하게 위로할 알코올이 있는 곳으로 모십니다.
오열할 수 있으니 어느 정도는 노랫소리가 나오는 곳으로 가세요,
아니면 시선 집중 당하니까요.

한 잔 두 잔 적시며,
전 애인을 같이 물고 뜯으며 험담하다가도
다음 날은 현 애인으로 돌아와 풀풀 날리는 닭살을 보게 될 수 있음은 주의!
다 이런 게 친구 사이 아니겠어요? (찡긋)

사랑이 변하니

이제 사랑하지 않아

서로 보지 않은 지 좀 됐다.
만나지도 않은 채 전화와 문자는
의무감으로 주고받을 뿐

"우리 근데 언제 봐?"
"봐야지…"
이런저런 핑계를 다 대면서
우리가 만날 수 없는 이유를 찾는다.
사실 그 이유는 딱 하나

"더는 사랑하지 않는 것"

날 말려줘

전화해서 어떤 말을 할 거냐고 묻는다면?
모르겠어, 그냥 목소리가 너무 듣고 싶은 거야.
안 들으면 죽을 것 같고.
시간이 지날수록 좋았던 것만 생각이 나.
처음부터 안 좋았던 건 아니었는데
왜 우리는 이렇게 끝날 수밖에 없는 걸까?
다시 되돌릴 수는 없는 걸까?
다시 잘될 수는 없는 걸까?
그럼 친구가 얘기한다.
"다시 걔 만나면 나 볼 생각하지 마!"

…이 밤이 지나면 괜찮아지겠지?
…언젠가는 잊히겠지?
…점점 아무렇지 않아지겠지?
그렇다고 말해줘.
날 말려줘.

난 혼자가 아니야

나이가 들면 들수록,
만나고 헤어지는 사람의
데이터가 쌓이면 쌓일수록,
점점 조건을 따진다.
얘는 이래서 힘들고
쟤는 이래서 마음에 안 들고….
결국 혼자, 혼자….
아니야, 나에겐 이렇게 재밌는 게 많은걸.

외롭지 않아…!

당신만 있다면

세월이 흘러
주름이 생기고,
허리가 휘고,
흰 머리카락이 생겨도
힘이 없어져도
내 곁에 당신이 있다면
전 행복할 거예요.

너를 처음 사랑한 순간

처음 너를 사랑하게 된
그 설렘을,
벅참을,
난 영원히
죽을 때까지
잊지 않을 거야.

4장

알 수 없는
인간관계

그래 나 같은 사람　딱 나랑 똑같은 취향　똑같은 생각

똑같은 감성　똑같은 고민　똑같은 성격

―을 가진 사람이라면

나를 전부 이해해줄 수 있을 텐데

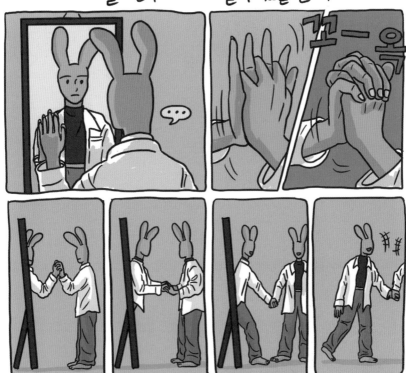

...난 뭘 그렇게

이해받고 싶었을까?

가면

'내 사람'이라는 말이 있다.
내 사람이 되는 계기는?
함께 즐거운 시간을 나눴을 때,
곤경에 처한 날 도와줬을 때.
여러 경우가 있지만
가면을 벗고 솔직한 내 속을 보였을 때 혹은
상대방도 함께 가면을 벗고 민낯을 보였을 때.

서로의 잘 꾸며진 모습이 아닌
어쩌면 추하고 어두운 모습까지 알게 될 때가 아닐까.

노 이미지 관리

세상엔 서로 자신의 잘난 모습만을 보여주기 위해
안달이 난 사람이 많다.
최대한 멋지게, 있어 보이게
꾸미고 포장하고 또 포장한다.

이미지 관리가 필요 없는 사람.
내 모습을 그대로 보여줄 수 있는 사람들이 있다는 것은
사막 속 오아시스 같다.

같이 있는 것만으로 마음이 편한 친구들.
너희가 있어서 정말 다행이야.

굿 리스너

자신의 이야기를 잘하는 사람도
용기가 있어야 꺼낼 수 있는 이야기가 있다.
상대방이 어떻게 생각할까?
나한테 실망하지는 않을까?
괜한 얘기를 꺼내서 관계가 어색해지면 어떡하지?
계속 선을 긋고, 벽을 쌓는다.

더욱이 자신의 이야기를 잘 안 하는 사람들은
견고하게 쌓은 벽돌 성안에서 진짜 모습은 꼭꼭 숨긴 채
빼꼼 밖을 바라보기만 할 뿐이다.

사실은 기다리고 있을지 모른다.
자신이 쌓은 높은 벽을 타고 올라올 사람을.

벽을 타고 올라와 창문을 똑똑 두들겨줄.
언제든 괜찮으니 네가 원할 때 문을 열어 달라고
나는 여기 밑에서 언제까지나 너를 기다리겠다고
말해주는 사람을 말이다.

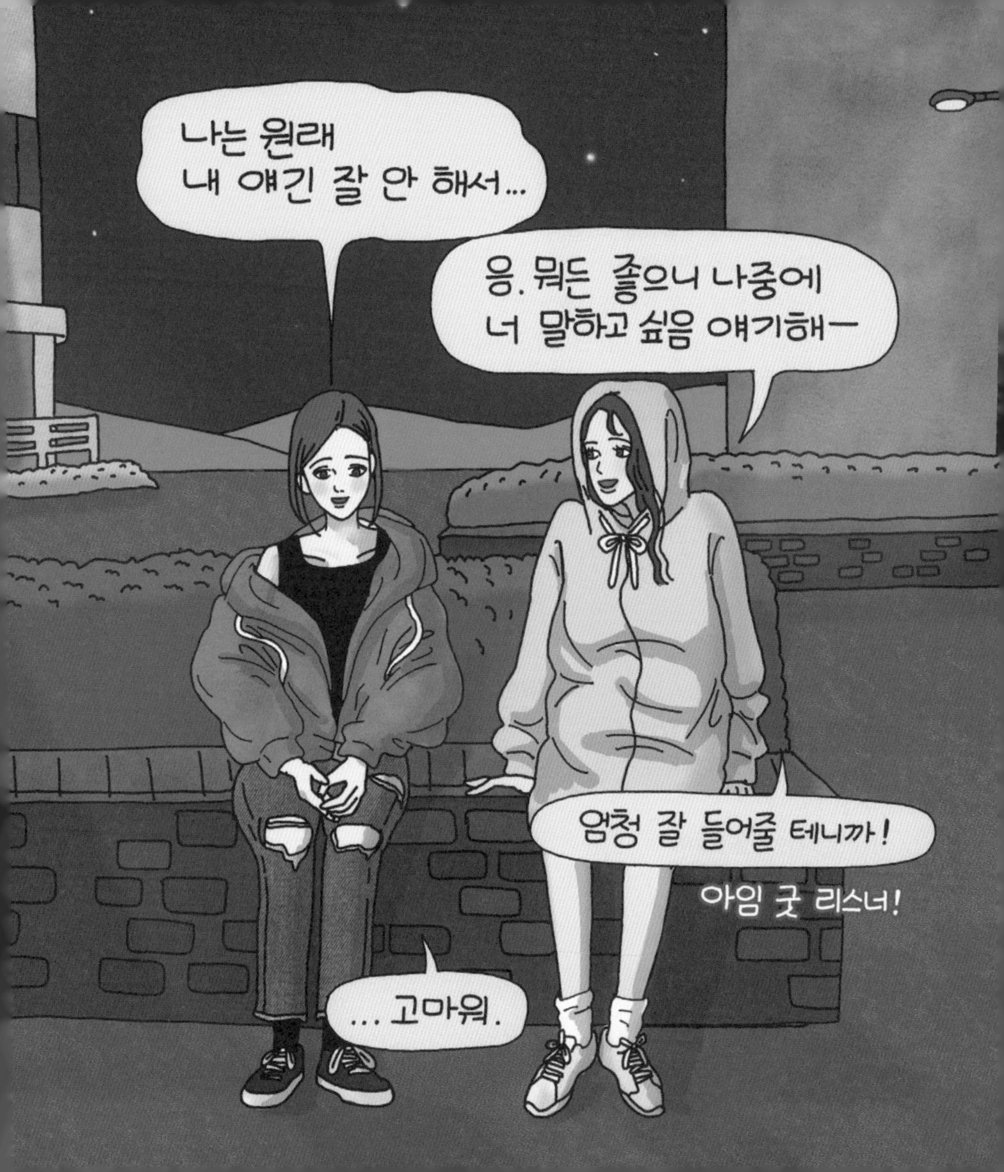
나는 원래
내 얘긴 잘 안 해서…
응. 뭐든 좋으니 나중에
너 말하고 싶음 얘기해ㅡ
엄청 잘 들어줄 테니까!
아임 굿 리스너!
…고마워.

새학기

사람이 많은 곳에 둘러싸여 있을 때보다
무리에 떨어져 혼자 시간을 보내고 있을 때
사람들이 더 나를 보고 있다고 생각한다.

나는 분명 혼자 존재감 없이 있는데도
누군가 나의 일거수일투족을 살펴보는 것 마냥
행동에 신경을 쓰고 조심스러워진다.
정작 큰소리로 떠들 때는 누군가가 나를 보든 말든
신경조차 쓰지 않는데 말이다.

행동이 쌓이고 습관이 되면 성격이 된다.
원래 그런 성격이 아니었는데도.
그저 이 공간에서 나와 마음이 맞는 사람이 없을 뿐인데….
아직 만나지 못한 것뿐인데….
빨리 나와 마음이 맞는 사람이 나타났으면….

분위기용

학창 시절은 단체 생활이 기본이라 무리에서 어울릴 능력이 필요했다.
너무도 다양한 성격의 친구들이 있어 나와 맞지 않았지만
그중에서도 소위 '막말'을 거칠게 하는 친구들이 가장 안 맞았다.
물론 친해지고 나서는 '막말'은 서로의 관계가
더 막역하다는 과시용으로 쓰이기도 한다.
하지만 친밀함이 없는 관계에서 상대방을 공격하는 어투는
듣는 사람이 무시당하는 느낌이 들어 즐겁지 않다.
처음에는 '나와 친해서 하는 말인가?'라고 생각했는데
알고 보니 그런 공격적인 말로 묘한 서열을 나누며
거친 말로 분위기를 주도해서 자신을 따르게 하려는 의도였다.
둘만 있었다면 단호하게 "그런 말은 하지 마!"라고 할 수 있는 말도
주위 사람들이 동조하고 웃으면 분위기를 깰까 봐 넘길 수밖에 없다.
결국 나중에 웃고 넘긴 자신을 한심해하며 다짐한다.

다음엔 꼭
그냥 넘기지 않겠어!

평온한 마음

모든 사람이 나를 사랑했으면 좋겠고,
그 누구도 나를 싫어하지 않았으면 좋겠고,
다 내가 원하는 만큼의 관계가 되었으면 좋겠고,
이 마음들이 다 변하지 않았으면 좋겠다.

'좋겠으면 하는 마음'은
그저 그 마음 그대로
두어야 한다는 것을 이제는 안다.

그것에 집착하는 순간 좋았던 것도
나를 괴롭히는 것이 되기에
나를 갉아먹는 것이 되기에
나를 외롭게 두자.
모든 것이 내 마음대로 될 수는 없어.
그걸 인정해야 해.

Space-clearing

모든 사람을 만족시킬 수는 없어

가끔 "이런 점은 좀 고쳐"라든가
"왜 그렇게 하니? 이해할 수 없어"라며
이상한 사람 취급을 받을 때도 있다.
무례하게 말하는 건 문제지만
상대를 속으로 평가하는 것까지는 어쩔 수 없다.

모두가 잘 맞을 수 없고 다 포용할 수는 없기 때문이다.
내가 수용할 수 있는 것들은 수용하되 어느 정도는 포기해야 한다.
사람들은 각자의 바운더리 안에서 살아간다.
지구 반대편의 가보지 못한 곳에서는 우리의 상식이 비상식인 게 당연하다.

나와 비슷한 사람들, 나의 못난 점까지도 포용하는 사람들에게
집중하는 것이 훨씬 효율적이다.
내가 정말 그 사람의 마음에 꼭 들고 싶은 게 아니라면
모든 사람의 마음에 들어야 할 이유가 있을까?

시크한 게 아니야

착한 아이 콤플렉스처럼 '배려심을 가진 나'에 취해
상처받는 말에도 허허실실 넘어가며,
뒤에서 소심하게 괴로워하는 내가 너무 싫었다.
항상 똑 부러지게 할 말 다 하는 친구에게 물어봤다.
"어떻게 하면 너처럼 할 말 다 하고 살 수 있어? 나도 그렇게 되고 싶어."
친구는 의외의 답을 했다.
"사실 나도 말하고서 생각을 많이 해. 말한 걸 후회하기도 하고,
남들이 나를 어렵고 무서워하는 게 신경 쓰여.
오히려 나는 부담 없이 먼저 연락하고 편하게 지내는 네가 부러워."
"그럼 너도 먼저 연락하고 표현하면 되잖아."
"나는 용기가 없어. 거절당할까 봐."

남 신경 안 쓸 것 같던 친구도 고민하는 모습을 보며,
오히려 다른 방식의 위로를 받았다.
한결 가벼운 마음으로 친구에게 웃으며 말했다.
"용기를 내렴, 친구야! 거절하지 않을 테니."

뭐지, 이 기분

어릴 때부터 이상하게 내가 있는 곳에 소속하지 못하는 기분을 느꼈다.
남과 크게 다르지는 않았지만 그래도 내가 있는 곳보다는
'다른 곳에 나랑 비슷한 사람이 있지 않을까?' 하며 기대했다.
기대감은 곧 다른 곳에서 새로 시작하자는 다짐이 되었다.

어느 곳이 좋을까?
막연하게 드라마나 영화를 보며,
뉴욕으로 가고 싶었다가 런던에 가고 싶었다가…
그곳에 가면 나도 달라질 수 있을까?

결국 내가 올 수 있는 곳은 홍대 앞 정도였지만 말이다.
아직도 그 감정이 남아 나에게 갈증과 기대감을 준다.
좀 더 다른 내가 되고 싶은 마음으로.

취향 일치

인스타그램에 그림을 올리면 많은 사람이 댓글을 쓴다.
그중 가장 듣기 좋은 댓글은 "취향 저격, 일명 취저"라는 말이다.

어릴 때 대중문화를 접하고 나만의 취향이 생기면서
함께 공유할 수 있는 사람들을 찾았지만 많지 않았다.
그러다 보니 항상 "취향 일치" 하는 사람들에 대한 갈증이 있었다.

지금은 내 생각의 조각을 담은 그림과 글에 공감하는 사람들이
온라인상이라도 항상 있게 된 셈이다.
사실 살아갈 이유라고 할 만큼 나에게 크고 소중한 것이다.
취향 일치하는 그 순간,
숨통이 트이는!
살아있다는 느낌이 들기 때문에.

☆

나는 〰〰〰〰〰〰〰〰〰 취향을 가진 사람과 만나고 싶다!

추억팔이 업데이트

학창 시절에 사귄 친구들은 대부분 우연히 친해졌다.
어쩌다 내 옆자리여서, 번호가 앞뒤여서, 키가 비슷해서 등등.
학교 다닐 때는 매일매일 얼굴을 보고 무엇이든 함께 하다 보니
웃긴 추억과 공유할 이야기도 많다.
그러다 졸업하고 각자 사회에 나가
다른 직업을 가지며 다른 모습으로 바쁘게 살아간다.
그러다 보니 공통된 관심사도 대화 주제도 많지 않다.
그래도 가끔 만나 술 한잔을 기울이며 추억을 이야기하고
마치 그때로 돌아간 것처럼 웃고 떠들고 그리워한다.

사실 질리지도 않는 게 어릴 적 이야기지만
현재 우리의 순간들도 알아갈 기회가 필요하다는 거!
또 먼 미래 10년 후, 20년 후를 위하여.
추억팔이할 업데이트 계속 갱신합시다!

☆

갱신할 아이템 적기!

~~~~~~

~~~~~~

가벼운 말들

뒤에서 누군가를 힐뜯는 일은 재밌다.
서로 공감대를 만들기 위해
우월감을 느끼기 위해
자격지심을 느끼게 한 죄로 상대를 깎아내리기 위해
관심을 끌기 위해
없는 얘기도 지어내 욕을 한다.

가벼운 말속의 주인공은 자신을 욕하는 이유를 알지 못한 채
우울증에 걸리며, 심지어 삶을 포기하기도 한다.
그러면 언제 그랬냐는 듯 욕을 한 사람들은 이들을 동정한다.

누군가는 이렇게 말할 것이다.
"사실이 아니면 떳떳하게 밝히면 되지 않냐고"
똑같은 일을 겪기 전에는 모를 일이다.

무작정 돌만 던지는 이들도 이 돌에 자신이 맞을 수 있다.
이럴 때 똑같이 말해준다.
"너무 신경 쓰지 마, 재미로 하는 가벼운 말들인데
그냥 넘기면 되지 뭐가 힘들어?"

소문

소문은 눈덩이처럼 불어나 엄청나게 빠른 속도로 퍼진다.
제일 흥미진진한 소문은 역시 남녀에 관한 소문이다.
어릴 적 만나던 남자애가 내가 다른 사람과 그렇고 그런 사이라는 소문을 듣고
모두 그렇게 알고 있다며 사실로 단정을 지어 말한 적이 있다.
이 말로 우리의 관계는 깨져버렸고, 다시 되돌릴 수 없었다.

이 남자애는 사실이 무엇인지 진짜 몰랐을까?
사실을 알아도 아니라고 해명하는 일이
귀찮고 휘말리는 게 싫지 않았을까?
사실과 관계없는 말들의 소용돌이에 맞서기보다
분위기에 휩쓸려 남을 비난하며 얻는 감정을 느끼는 것이 좋았을지 모른다.
이들에게 사실은 별로 중요하지 않다.
그저 씹고 뜯을 안줏거리가 필요할 뿐.

경험주의

본인 경험이 많다며, 남에게 훈수 두기를 좋아하는 사람이 있다.
"저건 하니까 별로야. 이건 꼭 해야 해."
경험이 자신의 선택에 도움을 주지만
상대방도 똑같이 적용될 거라고 생각하면 그것은 오산이다.
그래, 물론 먼저 걸어간 길이기에 조언 정도는 해줄 수 있겠지.
그래, 물론 좋은 마음이라고 너를 위하는 마음이라고 넌 말하겠지.

하지만 응, 아니야!
그저 자신이 경험해본 것들에 취해서
주위에 보고 들은 간접적인 경험에 취해서
산전수전 다 겪은 나~에 취해서
묻지도 않은 말들을 건네고 있는 건 아닐까?

정말 누구를 위한 말일까?
다시 생각할 필요가 있다.
묻기 전에 하는 조언은 꼰대의 잔소리일 뿐
그 이상 그 이하도 아니다.

네가 소중한 만큼 남도 소중해

듣는 사람의 기분 따위는 생각하지 않고
아무렇게 말을 내뱉은 사람에게 자신이 한 말을 그대로 말하면
'어떻게 그런 말을 할 수 있냐'고 반응한다.
자신은 상대방을 폭언으로 난도질했으면서
엄청난 상처를 받았다며 억울해한다.
이런 유형의 사람을 만났을 때는?

1. 무조건 피해라.
2. 무조건 피해라.
3. 피할 수 없다면 절대 가만히 듣고만 있으면 안 된다.

상대방이 막 대한다고 내 자신까지 나를 막 대하면 안 된다.
제일 중요한 건 내 마음이다.
남의 마음도 내 마음이 먼저 지켜지고 나서야 볼 여유가 생기는 거다.
우리의 마음이 난도질당하지 않게 지켜야 할 의무가 있다.
세상에 그것보다 더 중요한 건 없다.
보호해야 해, 내 마음.
그 누구도 함부로 대하게 할 수 없어.

응, 난 오늘도 괜찮아

심연의 슬픔에 빠진 동안 두 가지 감정이 존재했다.
누군가 이런 나의 슬픔을 알아주기를 바라는 감정과
이런 모습을 들키고 싶지 않은 방어적인 감정.
내 우울함이 괜히 상대에게 번지지는 않을까?
네 시간을 망치기는 싫은데,
나를 우울한 어두운 사람으로만 보지는 않을까?
그런 건 싫어서 절대 말 못 해.
그래도 내 이런 마음을 귀신같이 알아채고
물어봤으면

"너 괜찮아?"

사랑의 깊이

사람을 잘 따르는 사람을 보면 강아지가 생각난다.
강아지는 뭐가 그리 좋아서 쪼르르 달려가
꼬리를 살랑살랑 흔들며 사랑받고 싶어 안달일까?
도도한 고양이처럼 자신의 영역만 잘 지키면 좋을 텐데.
그럼 자존심이 무너질 일도, 상처받을 일도 적을 텐데.

사랑의 크기와 깊이는 정도가 서로 맞아야 한다.
나에겐 당연한 것도 상대방이 부담스러워할 수 있고,
반대로 부족하다고 느낄 수도 있다.
넘치는 사랑을 받아줄
큰 그릇을 가진 사람이 필요해.
이 샘솟는 사랑이 메마르기 전에.

인간은 원래 그래

신나게 약속을 잡고서는 만나기 전까지 부담스러워 취소하고 싶다.
그러다 막상 만나면 반갑고 즐거워서 원래 하지 않으려던 말도,
다 보여주지 않으려던 마음도 다 보여준다.
꼭 마음의 선을 넘는다.

그리고 혼자 돌아오는 길, 기분이 이상하다.
혼자 있을 때는 외로운 감정에 익숙해서 몰랐는데
뭔가 헛헛하고 공허하다.
특히 많은 사람과 어울리고 난 후에는 더 그렇다.
누구보다 신나게 즐겼는데 그때의 내 모습이 민망할 정도다.
그리고 다짐한다.
'이제 평소처럼 지낼 거야, 모임은 가지 않을래.
빨리 잔잔한 나로 돌아가고 싶다…'

그러다 또 반복된 하루가 지루해져서
새로운 약속을 잡으며 들뜬다.

약속

관계에 우선순위를 따지는 것은 유치하지만 그럴 때가 있다.
나와의 약속이나 연락이 다른 사람만큼 중요하지 않다고 느낄 때.
그 사람이 연락하면 언제든 반갑게 맞는,
그 사람이 보고 싶어 하면 언제든 볼 수 있는,
내가 애정을 쏟아야만 가능한 관계.
나를 대기조로 만들 때.

난 왜 이 사람이 보고 싶다고 하면 언제든 봐야 하지?
아… 내가 좋아해서 그런 거구나.
그런데 왜 나는 이 사람을 보고 싶을 때 언제든 볼 수 없지?
아… 이 사람은 그만큼 나를 좋아하지 않구나.

난 혼자서 결론을 짓고 떠날 준비를 해.
매달리며 부담을 주고 싶지는 않거든.
하지만 계속 돌아보게 돼.
우리의 약속이 중요했던 그때를….

우리가 더 깊어질 수 있도록

누구나 숨기고 싶은 자신의 모습이 있다.
최대한 좋은 모습을 보여주고 싶기 때문이다.
나도 누군가에게 완벽한 사람이 되고 싶다.
하지만 완벽하지 않다.
어떤 것이든 잘 아는 것처럼 보이지만, 모르는 것이 많고
마냥 해맑아 보이지만 아픔도, 어둠도 많다.
그리고 똑 부러질 것 같지만 실수도 잦다.
이런 나에게 실망하지 않으면 좋겠어.

너도 마찬가지야.
네가 나의 기대만큼 완벽하지 않아도 괜찮아.
부족한 건 서로 채울 수 있으면 좋겠어.
그렇게 우리가 더 깊어질 수 있었으면 좋겠어.

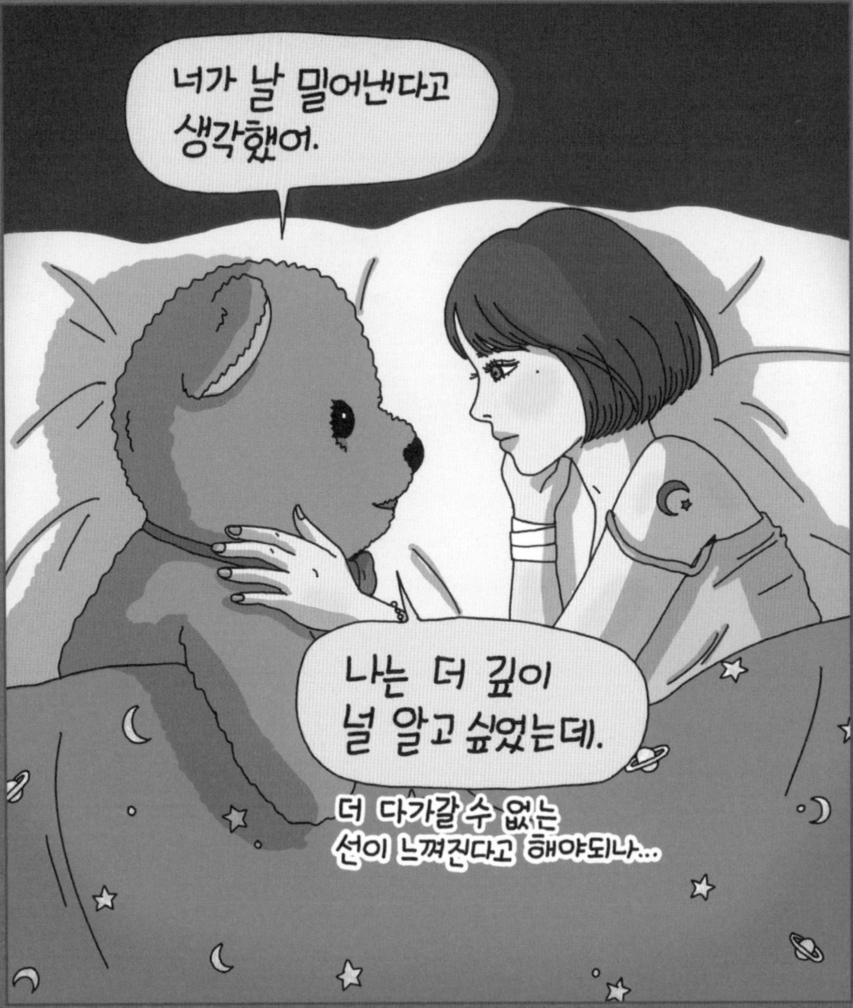
너가 날 밀어낸다고
생각했어.
나는 더 깊이
널 알고 싶었는데.
더 다가갈 수 없는
선이 느껴진다고 해야되나...

나는 그냥...누군가 나에 대해 다 알게 된다는 게...
그게 어색하고 그래서 불편했던 거지...
널 밀어냈던 건 아니야.
혹시라도 너가 — 나한테 실망할까 봐.
...실망하지 않아.
나도 완벽하지 않은 걸.

막상 만나면 좋아

바쁘다는 핑계로
점점 연락 횟수가 줄고
점점 답장 속도가 늦는다.
점점 사는 곳이 달라진다.
점점 만나기가 어려워진다.
그렇게 점점 멀어진다.
그러다 보니 만나서 쉽게 풀 문제도 오해가 생기며,
서운한 감정이 쌓이고 쌓인다.
막상 만나면 별일 아닌데, 별일이 된다.
그러기에 관계를 유지하고 싶다면 만나야 해.
자존심은 버리고 먼저 연락하거나
억지로라도 시간을 내서 만나고….
뭐든 쉽게 유지되는 건 없다.
잘 유지되고 있는 지금 이 관계도
누군가는 노력하고 있을지 모른다.

과거에 미래 얘기

하고 싶은 것이 많아서 꿈도 많았다.
하지만 혼자 하고 싶지는 않았다.
나와 마음이 맞는 친구들과 하고 싶었다.
건물은 못 사더라도 조그마한 월세방 아지트라도 얻어서
꿈을 키워나갈 수 있는 공간이 있었으면 했다.
우리의 관계도 꿈의 크기만큼 커졌으면 했다.

연락이 끊긴 친구도 있고
이제 같은 시간에 다 모이기도 힘들다.
모든 것이 꿈으로 남았지만
그래도 뭐,
나쁘지만은 않아.
적어도 그리워하는 이 감정이 남았으니까.
추억이 남았으니까.
함께 꿈을 꾸던 그때의 우리를.

나는 너에게

엄마

우린 항상 네 편이야

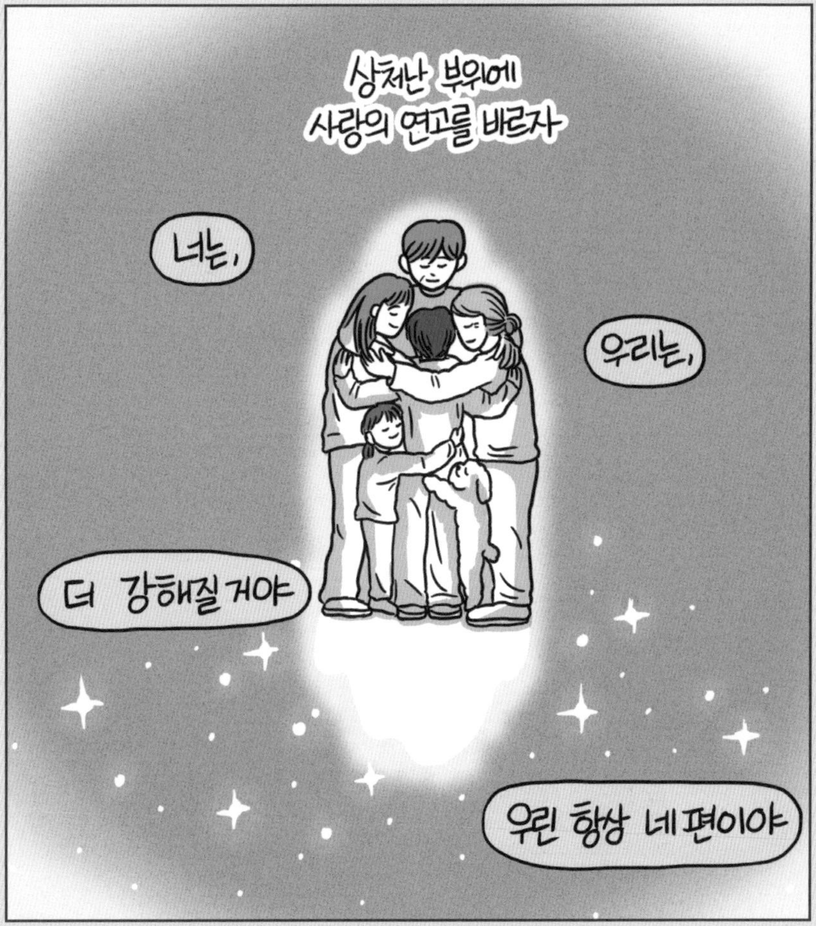
상처난 부위에
사랑의 연고를 바르자
너는,
우리는,
더 강해질거야
우린 항상 네편이야

할머니

자신보다 한참 어린 손녀에게도

항상 높임말을 쓰셨던 할머니.

오늘도 매일 그렇게 앉아서 일하냐며

돈은 좀 버냐며

잘 돼야 할껀테.

하 하...

걱정가득 전화하시던 할머니

매번 같은 말씀을 반복하던

아 지금 바쁜데...

오오오...

할머니 전화를 피했던 적도 있었다

바쁘다는 핑계로...

너도 갈래?

다음에 가지 뭐

멀리 계신다는 핑계로...

하지만
내가 다시
전화를 걸었을 때는

외할머니
연결중...

...할머니가 갑자기
말을 잘 못하신대

할머니가 전화를
못 받게 되셨다.

그리고

우리에게
너무 빠르게 온 이별

아직 시간이 많이
남은 줄 알았는데

아직 할머니께
보여 드릴게 많은데

아무것도 못 해 드렸는데
할머니 죄송해요

할머니... 보고 싶어요.

요즘같이 힘든 날

학창 시절, 친구와 교환일기를 썼었다.
일기처럼 하루에 겪었던 일들과 그때 느꼈던 감정을 썼다.
혼자 쓰는 일기와 다른 점은
친구에게 털어놓을 수 있어서 좀 더 의지가 된다는 것이었다.
교환일기를 쓰지 않게 돼도 습관처럼
외롭고 힘든 날 일기처럼 주절주절 오늘 있었던 일들을
친구에게 털어놓듯 이야기하고 싶은 충동이 생긴다.
이제 더는 나를 떠올리지 않는 너에게.

취중진담

나도 나에게 솔직하지 못하다.
술에 취해 내 속마음을 알 때
내 안에 있는 이야기를
나한테 말한다.

그리고 나는 듣는다.
'응, 너의 마음은 지금 그렇구나.
너는 그런 생각과 기분을 느끼며
그걸 원했구나.'

나도 모르는 내 무의식까지
나는 다 알고 싶어.

오랜 친구

혼자 있기를 좋아하는 사람도
혼자 오래 있으면 누구라도 만나고 싶다.
사람은 혼자 살 수 없기 때문이다.
이건 누구에게나 다 해당하는 것이라 피해갈 수 없다.
혼자 독방에 오래 갇히면 너무 외로워서 미쳐버리는 것처럼.
'외로움'이라는 감정은 공포로 다가올 만큼 강력하다.
나는 공포만 느끼지 않는다.
혼자 남는 건 무섭지만 어쩌면 또 다른 나이기 때문이다.
진짜 나를 만나는 시간이며, 나를 도망치게 하는 시간이기도 하다.
이런 시간이 주는 카타르시스도 분명 있다.
나의 오랜 친구, 외로움.

분명 너만이 내 옆에 끝까지 있었지.

당신에게도
외로움이 있나요?

난 내가 제일 사랑해

5장

나에게도
좋은 날이
올 거야

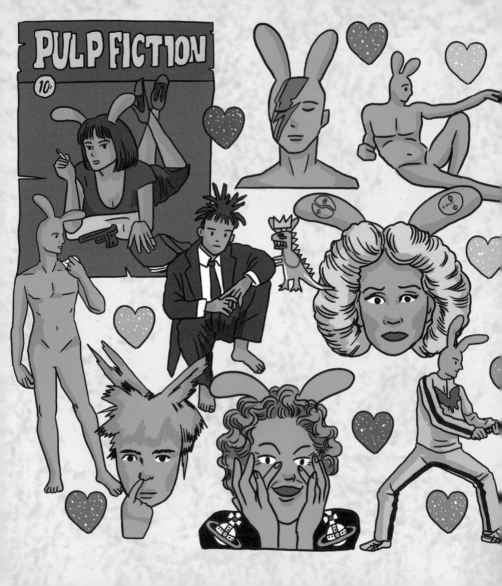

반이나 남았어

열심히 살다 문득 달력을 보면 시간이 훌쩍 간 것 같다.
갑자기 아무것도 이루지 못한 것 같아서
후회와 불안감에 휩싸인다.

하지만 후회하고 불안해하는 시간이 너무 아깝다.
지나간 시간을 되찾으려 허둥대며 에너지를 쓰지 말고
남은 시간을 어떻게 더 뿌듯하게 쓸까를 고민하자.

☆

올해가 가기 전에 내가 꼭 하고 싶은 것

~~~~~~

~~~~~~

~~~~~~

개미와 베짱이

아직은 나는 무엇을 누릴 때가 아니야.
지금 내 모습은 완성형이 아니야.
이것보다는 더 나은 모습이어야 해.
나를 타박하고 절벽으로 계속 몰아세운다.

성공한 사람들을 보면 지금의 나보다 더 노력하는 것 같다.
하루에 열두 시간은 의자에 앉아
매일 밤을 새우고 코피가 터질 만큼 몸을 혹사한다.

계속 일하고, 공부해야만 뭐라도 이룰 수 있을 것 같은데.
특별한 재능이 없어서 내세울 수 있는 건 노력밖에 없는 것 같은데.
주위를 돌아볼 여유는 사치고 인간관계도 끊고
그저 앞만 보고 달리고 달려야 한다.
그래야 뭐라도 이룰 수 있을 것 같은데.

이게 정말 내가 원하는 삶일까?
이렇게까지 해서 내가 이루고 싶은 건 뭘까?

결국은 해피 엔딩

미래에 대한 불안함과
고민의 가운데서

많은 밤은 나에게 있어
잠들지 못하는 끔찍한 시간이었다.

캄캄한 어둠 속에서도
결국은 빛이 올 거야.
결국은 해피 엔딩일 거라며
희망의 혼잣말로 나를 재웠다.

겨우겨우 나를 보낼 수 있었다.
현실이 아닌 꿈나라로.

굵은 심지

내가 추구하는 모습은
가치관이 뚜렷하며, 흔들림이 없는 사람이다.
모두가 좋아하지 않아도 시선에 갇혀 자유로움을 잃기 싫었다.
그래서 "넌 정말 남들 의식을 안 하는 것 같아"라는 말도 종종 듣지만
사실 그런 행동에도 남을 의식한,
반항이 숨겨져 있었다.

나이를 먹으면서 사회가 요구하는
사회화된 모습으로 정돈할 수밖에 없었다.
거기다 모두에게 잘 보이고 싶은 욕심이 덧붙여져
주위 시선에 의식하며 눈치를 보고
내가 추구하는 모습이 점점 사라진다.

나는 다시 다짐한다.
알지도 못하는 사람들의 호감을 얻으려
내 자유로움을 잃지 않겠노라고.

나 뭐 하고 살았지?

살면서 미친 듯이 노력한 적이 언제냐고 묻는다면
수능이 끝나고 입시 미술을 준비했던 때다.
수능을 망치고 지망하려던 대학은 못 넣을 수준이어서
어떻게든 실기로 만회해야 했다.
이때는 '남들은 얼마나 노력하고, 어떻게 준비하고 있을까?'라는 생각보다
'내가 할 수 있는 한 최선을 다하자'라는 생각으로
삼각김밥을 한 손으로 먹으며 그림을 그렸다.
파스텔을 지문이 닳을 만큼 문질러서 피가 났지만
별로 아프지 않았다.
나는 노력한 만큼 지망한 대학에 합격했다.
처음으로 성취감을 느낀 순간이었다.
나는 아직도 그때 나의 모습과 지금의 나를 비교한다.
왜 그때처럼 노력하지 않니 왜 적당히 넘어가려고 하니.

매일매일 마음이 바뀐다.
어제의 나는 이제 지쳤으니 포기하자고 하지만
오늘의 나는 다시 해보자고 한다.
다시 성취감을 느끼고 싶다.

내가 하고 싶을 때

나는 꼭 '때'를 기다리는
아주 요망하고 얄궂은 습관이 있다.

그럭저럭 어떻게든 결과가 나오니까.
거기에 스스로 합리화하며
더 할 수 있는 한계를 항상 넘고 싶어도
내 한계치 안에서만 계속 머무르고 타협한다.

정말 하고 싶을 때가 자주 오려면
데드라인이 필요하다.
내 마음속 데드라인이.

넌 모를 거야

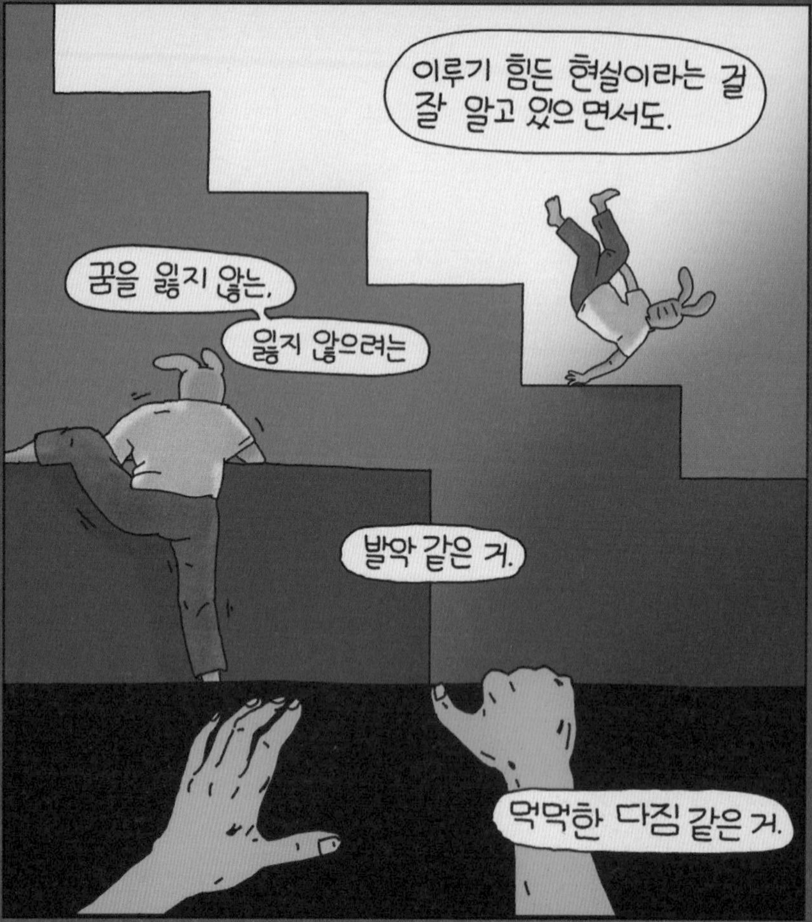
이루기 힘든 현실이라는 걸
잘 알고 있으면서도.
꿈을 잃지 않는,
잃지 않으려는
발악 같은 거.
먹먹한 다짐 같은 거.

리즈

자신감이 떨어질 때마다
내가 의존하는 말이 있는데
"누구든 10년 이상 계속하면 그 분야의 장인이다"라는 말이다.

스스로 만족하지 못하거나
남들에게 안 좋은 평가를 받을 때
손가락셈을 한다.
'나는 아직 10년이 되려면 몇 년이 남았으니까…'

분명 그때가 되면 나도 잘하고 있을 거야.
아직은 아니야.

아직,
아직 나의 리즈는
오지 않았어.

실패하고 다시 도전할 용기

'하면 된다!'는 말은 개뿔
해봤자 잘 안 될 텐데 뭘.
항상 그래왔듯이…

반복된 실패로
부정적 예언자가 되버린
내 마음과 머리를 통째로 꺼내어 씻자.

그리고 다시 세상을 봐.
실패 없이 성공한 사람은 아무도 없으며
실패들은 내 인생에서 소중한 과정들이 될 테니까.

무서워하지 마,
겁내지 마!

아무리 괴로워도 인간, 그렇게
쉽게 죽지 않으니까.

엄마에게 하고 싶은 말

나의 합격 소식을 가장 기다리고 있을
내가 잘되기를 가장 바라는 사람.

이 순간을 위해서
나는 이렇게 달려왔는지도 몰라.

☆

엄마에게 하고 싶은 말이 있나요?

~~~~~~

~~~~~~

~~~~~~

아직 끝나지 않았어

뭔가를 해냈을 때 갖는 성취감도 잠시,
다음 단계에서 한계를 보이는 나에게 실망한다.

나를 포함한 그리고 다른 사람들까지 나에게 바라는 게 너무 많다.
이제 겨우 기어 다닐 수 있는데 걷기를 바라며
걷기 시작하자마자 달리기를 바란다.
전력 질주를 하고 있는데 느리다고 질책한다.
나뿐만 아니라 주변을 보면 다들 달리고 있다.

태어날 때부터 날고 있는 사람도 있다.
이런 사람들은 말한다.
"이 위에서 보는 경치는 정말 기가 막혀.
포기하지 마, 너도 날 수 있어!"

그래서 나는 달리며 꿈을 꾼다.
아직 젊기에 끝까지 달려보기로 한다.
그러다 넘어져 고꾸라질지라도….

우리가 누가 될지는

꾸준히 하는 자에게
반드시 복이 있나니

그 복을 나의 것으로 만들겠어.

진심을 담는다면

애매한 재능은 저주일 만큼 괴롭다.
나는 미술을 제일 잘하는 것 같아 시작했지만
'나보다 그림을 잘 그리는 사람이 많을까? 못 그리는 사람이 많을까?'라고
질문한다면 그림을 잘 그리는 사람이 많다고 말할 것 같다.

방황하느라 한참 그림을 그리지 않았고
내 손은 딱딱하게 굳어 갔다.
긴 휴학을 끝내고 처음 들은 일러스트 수업에서
현대 음악을 들으며 내 생각을 글이나 그림으로 표현하라는 말에
아무 기대감 없이 손이 가는 대로 풀어 나갔다.
딱딱해보이는 그림 선이었지만 이 선은 곧 나였다.
나는 경직돼 있었으며, 슬퍼하고 있었다.

그림을 잘 그리고, 못 그리고를 따지지 않고
내 마음이 시원할 때까지 표현하니 나만의 색깔이 생겨나기 시작했다.
잘 그린 그림은 아니지만 진심이 담긴 그림은 어떤 한 사람의 마음을 움직일 수 있었다.
그래서 내 진심을 거기에 걸기로 했다.
최고가 될 순 없지만 내 진심을 담는다면 누군가 알아주진 않을까?

진주같이

기다린다는 것

상상은 나의 힘이다.
나에게 상상은 어떤 것을 기다리며, 기대할 때 온다.
연락을 기다리며, 그 사람과의 멋진 순간을 상상한다.
이루고자 하는 소망을 기다리며, 성장한 내 모습을 상상한다.

상상은 나에게 희망을 품어다 준다.
희망은 나에게 빛나는 눈빛을 준다.

눈빛을 빛내며 기다릴 것이다.
앞으로의 더 좋은 날들을 기대할 것이다.

졸라 강하게 원하면

정말~정말~ 원하는 것이 있어?
그 원하는 마음을 더 키우고, 더 키우고, 더 키워.
"세상에서 이걸 가장 원하는 사람은 나다!"라고
말할 수 있을 만큼.

그럼 언젠가 그대로 되어 있을 거야.
난 정말 이렇게 믿어.
우리 같이 정말 정말 정말~
졸라 강하게 원해 보아요.

☆

당신이 정말 정말 원하는 것이 있나요?

~~~~~~

~~~~~~

~~~~~~

일단 그냥 하자

어릴 적 수영장에서 다리에 쥐가 나 물에 빠진 적이 있다.
평생 트라우마로 수영을 못할 것 같았다.
그러다 수영은 꼭 배워야 한다며 추천을 받아 반강제로 시작했다.
같은 기초반 사람들은 하나둘 물에 떴지만
내 몸은 잘 뜨지 않았고 혼자만 수업에 따라가지 못했다.
어느 날 강사분은 나의 생명줄 같은 보조기구를 가져갔다.
처음엔 좀 뜨는가 했지만 조금 가서 꼬르륵 가라앉고를 반복했다.
하지만 어느 순간 물에 둥둥 떠 있게 되자
기쁨은 이루 말할 수 없었다.

남들에게 당연한 것이 나에게는 특별하고 소중한 경험이었다.
평생 못한다고 생각한 것도 일단 도전해보면
할 수 있다는 것을 경험한 것이다.
이 경험은 나에게 자신감을 가지게 했다.
이제 믿음을 가지고 많은 것을 하고 싶다.
내가 못하는 것이 아니라 안 해본 것이라고 믿는다.

일단 그냥 하는 거야!

죽지 않아

죽음이 내 옆에 있는 존재라고 생각하면
나의 큰 고민도 작아진다.
내일 당장 죽을지도 모르는데
고민하다 끝나는 건 너무 아깝잖아.
오늘 하루도 잘 살고 있다는 것에 축복을 느끼며 살자.

그러다 보면 작은 것에도 감격하고 당연한 것들도 행복해진다.
자유롭게 하늘을 날 듯 죽는 날까지 살아갈 것이다.

하는 데까지 최선을 다하고
남길 수 있는 많은 것을 남겨야지.
그럼 나는 영원히 죽지 않을 거야.
그들이 나를 기억할 테니까.

에필로그

내가 외로워 보인대

그런데 난 그게
온전한 나인 것 같은 기분을 들게해

가장 외로운 순간
오히려 외롭지 않아..

응, 너 그러잖아

언니는 고독이라는 단어가 잘 어울려

그러다 나와 같은 것을 공감하는

어...?

한 친구를 만났다.

우리는 서로의 존재에 대한 이유와
삶에 대한 피곤함을 공감하며 밤새 얘기했다.

신기한건 그런 우울한 이야기를 나누는데도
더욱 우울해지는 게 아닌

가슴의 구멍이 메워지고

어...?

가벼워지는 느낌이
들었다는 것이다.

그때 깨달았다.
사회생활을 매끄럽게 하기 위해

잘 다듬어진 나의 모습이 아닌

잘 드러나지 않는 내면의 모습을

보여주고 공감받을 때

내가 위로를 받고,

그게 하나의 삶의 이유가 된다는 것을

그래 사랑,

이건 사랑이겠지

나와 똑 닮은 너와
사랑하기 위해 나는

여태 살았는지 몰라

하지만 너무 가깝고 닮은 ―
우리는...

파
사
삭

금단의 영역을 넘어
벌을 받는 듯이

으스러지듯 사라져

스스스...

아무것도 아닌 사이가
되어 버렸다.

나는 무엇을 하기 위해 태어났을까

나는 무엇을 위해 살아왔을까

칭찬받기 위해	인정받기 위해	꿈을 위해	사랑하기 위해

때론 눈치 보고	경쟁하고	질책하고	이별했다.

눈치보지만

배려하고 누군가를 위하는 내 모습이 좋아.

비교하며 실망하다가도

나만의 길을 걷는 내가 좋아.

질책해가며

스스로 성장하려는 내가 좋아.

... 좋아.

잘 살고 싶은 내가 좋아.

살고 싶어서

삶의 목적을 가지려는 내가 대견해.

태어나줘서 고마워.

아파도 나으려고 노력해줘서 고마워.

여태껏 버텨줘서, 살아줘서 고마워.

나는, 너는

존재만으로 축하받을 가치가 있어.

존재해줘서 고마워.

모든순간의 나에게

존재해줘서
고마워

초판 1쇄 발행 2020년 11월 5일 **초판 3쇄 발행** 2021년 9월 10일

지은이 임유끼
펴낸이 이승현

편집1 본부장 배민수
에세이3 팀장 오유미
편집 손민지
디자인 김태수
기획분사 박경아

펴낸곳 ㈜위즈덤하우스 **출판등록** 2000년 5월 23일 제13-1071호
주소 서울특별시 마포구 양화로 19 합정오피스빌딩 17층
전화 02)2179-5600 **홈페이지** www.wisdomhouse.co.kr

ⓒ 임유끼, 2020

ISBN 979-11-91119-46-6 02810